MI
KOMM

Roger Hargreaves

Rieder Bilderbücher

Am Montag machte Miss Kommando einen Spaziergang.

Da traf sie Mister Neugierig.

„Wohin geht´s denn?", wollte er wissen.

„Das geht dich überhaupt nichts an!", gab sie zurück.

Am Dienstag traf sie Mister Krach.

Er war gerade am Singen.

Und natürlich sang er ziemlich laut …

„Halt die Klappe!", fauchte sie.

Am Mittwoch traf sie Mister Glücklich.

Er lächelte. Wie immer.

„Wisch dir dieses dämliche Grinsen aus dem Gesicht!", fuhr sie ihn an.

Wie ihr euch sicher vorstellen könnt, war Miss Kommando nicht besonders beliebt.

Und das ist noch vorsichtig ausgedrückt …

Was Miss Kommando jedoch nicht wusste, war, dass jemand sie gesehen hatte. Jemand hatte beobachtet, wie sie mit Mister Neugierig umgesprungen war.

Und derselbe Jemand hatte gehört, wie sie Mister Krach angeschnauzt hatte.

Und derselbe Jemand hatte auch beobachtet, wie grob sie zu Mister Glücklich gewesen war.

Der Zauberer (der übrigens Wilfried hieß) ging nach Hause und dachte nach.

„Irgendwas muss man mit dieser Miss Kommando unternehmen", überlegte er, während er dahin ging.

Zu Hause angekommen, ging er sofort in seine Bibliothek und holte ein großes, rotes Buch aus dem Regal.

Es war ziemlich staubig, da es schon länger nicht mehr gelesen worden war.

„So, jetzt wollen wir mal sehen", sagte er und machte es sich in seinem Lehnstuhl bequem.

Er blätterte auf Seite dreihundertvier.

Auf dieser Seite ganz oben stand folgende Überschrift:

„WIE MAN HERUMKOMMANDIERER STOPPT"

Wilfried der Zauberer las die Seite sehr sorgfältig durch. Dann klappte er das Buch zu, stellte es zurück ins Regal und schmunzelte.

Er schmunzelte, wie nur ein Zauberer schmunzeln kann.

Am nächsten Tag, einem Donnerstag, begegnete Miss Kommando jemandem, der tief und fest schlief. Wie immer.

Es war Mister Faul.

„Wach auf!", sagte sie scharf und piekste ihn in den Bauch.

„Autsch!", protestierte Mister Faul.

Aber …

… in einiger Entfernung von Miss Kommando murmelte Wilfried der Zauberer, der ihr die ganze Zeit gefolgt war, gerade einen Zauberspruch.

Ganz leise.

Den Zauberspruch von Seite dreihundertvier.

Und wisst ihr, was dann geschah?

Urplötzlich, wie durch Zauberei (und das war es ja auch), steckten Miss Kommandos Füße in einem Paar Stiefel!

Vor einer Minute noch unsichtbar, waren sie jetzt auf einmal da!

Miss Kommando blickte beunruhigt nach unten.

Die Stiefel waren Zauberstiefel, und weil sie Zauberstiefel waren, konnten sie miteinander sprechen.

„Hallo Links", sagte der rechte Stiefel.

„Hallo Rechts", sagte der linke Stiefel.

„Von mir aus kann es losgehen", sagte Rechts.

„Von mir aus auch", meinte Links.

Und es ging los:

Links. Rechts. Links. Rechts. Links. Rechts. Links. Rechts.

Schneller und immer schneller marschierten die Stiefel mit der armen Miss Kommando dahin.

Sie konnte nichts dagegen machen!

Mister Faul war begeistert.

„Gut gemacht, Wilfried", kicherte er.

Wilfried zwinkerte sein Zaubererzwinkern.

Diese Stiefel marschierten sieben Meilen weit!

Miss Kommando war total erschöpft.

„Fertig, Links?", fragte der rechte Stiefel.

„Fertig", erwiderte Links.

„Aaach…", rief Rechts.

„…tung!", rief Links.

Und sie hielten an.

Miss Kommando war völlig außer Puste.

Sie versuchte, die Stiefel auszuziehen.

Aber das ging nicht.

Da kam Wilfried des Wegs.

„Diese Schuhe", sagte Wilfried und zeigte auf die Stiefel, „sind speziell für Leute, die meinen, dauernd die anderen herumkommandieren zu müssen!"

„Mach, dass sie verschwinden! SOFORT!", schrie Miss Kommando und stampfte mit dem Fuß.

Besser gesagt, sie versuchte, mit dem Fuß zu stampfen, aber das ging nicht.

„Stampfer haben wir heute keine", meinte Rechts.

Links kicherte ...

„IHR ... TUT ... JETZT ... SOFORT ... WAS ... ICH ... SAGE!!!", brüllte Miss Kommando.

„Bist du so weit?", fragte Rechts.

„Aber immer", erwiderte Links.

„Schnelles Marschtempo!"

Und es ging wieder los.

Links.

Rechts.

Links.

Rechts.

Links.

Rechts.

Diesmal waren es zwölf Meilen.

Dann blieben sie stehen und Wilfried kam des Wegs.

„LASS DIESE DÄMLICHEN STIEFEL VERSCHWINDEN!", brüllte Miss Kommando.

„Nur wenn du das Zauberwort sagst", versetzte Wilfried.

Miss Kommando dachte nach. Sehr angestrengt dachte sie nach. Und ziemlich lange ...

„Bitte", sagte sie dann.

„Das hört sich schon viel besser an", meinte Wilfried und murmelte leise den Zauberspruch. Den von Seite dreihundertvier ...

Und *Hokuspokus* – die Stiefel waren verschwunden!

„Nun denn", sagte Wilfried und erhob streng seinen Zeigefinger, „hör auf, die Leute herumzukommandieren. Du weißt, was sonst passiert!"

Miss Kommando nickte.

Ganz kleinlaut war sie geworden.

„Sehr schön!", lächelte Wilfried.

Und ging davon.

Und wisst ihr was?

Seit dieser Zeit ist Miss Kommando eine andere Person.

Sie kommandiert niemanden mehr herum.

Und ihr wisst auch warum, oder?

Ihr wisst, was sie auf gar keinen Fall mehr haben will.

Die Kommandozauberstiefel!